AF139443

Frank Klammer

Ehe-Leben: Wie alles begann

Bibliografische Information der Deutschen National-bibliothek:

Die Deutsche Nationalbibliothek verzeichnet diese Publikation in der Deutschen Nationalbibliografie; detaillierte bibliografische Daten sind im Internet über http://dnb.dnb.de abrufbar.

Herstellung und Verlag: BoD – Books on Demand, Norderstedt

ISBN: 978-3-7386-532-81

Inhaltsverzeichnis

Die Protagonisten

Doreen und Christian sind seit 20 Jahren verheiratet – eigentlich glücklich.

Doreen ist 41 und sieht gut aus. 170 cm groß, kurze schwarze Haare, feste Brüste in 85c und einen prallen Arsch.

Christian ist der typische Geschäftsmann. Er ist 178 cm, normale Figur, die braunen Haare schon leicht ergraut und gerade 45 Jahre alt geworden.

Wie alles begann

Doreen

Sie war durch Zufall auf die Website gestoßen. Es handelte sich um eine Seite für Frauen, Ehefrauen. alle möglichen Themen konnte man anklicken, Kinder Erziehung, Urlaub, Sport für Paare, Geld, usw. dann sah sie die Rubrik: Probleme mit dem Partner. Zögernd klickte sie. Mehrere Untergruppen wurden geöffnet. Eine lautete: Unbefriedigte Ehefrauen. Neugierig las sie weiter. Einige der Autorinnen behandelten das Thema, es ging um Sex im Ehebett. Warum nicht einmal ein Erlebnis mit einem anderen Mann suchen? Es ging doch nur um Sex und nicht um Liebe. Erstaunt las sie Hinweise auf andere Seiten.

Doreen ging die Sache nicht mehr aus dem Kopf, sie drehte sich rum und schaute ihren schlafenden Mann an, sie hatten sich geliebt, doch es war irgendwie wie immer gewesen.

Christian war ihr erster Mann gewesen, sie wusste nicht wie andere waren. Sie dachte an die Party vor mehreren Monaten in der Firma ihres Mannes zurück, sie hatte mit seinem Chef getanzt. Er hatte, es war ziemlich dunkel im Party Zimmer, ihre Hand genommen und sie runter gezogen. Plötzlich hatte er seine Beule gegen ihre Handfläche gedrückt. Sie hatte sich sofort zurückgezogen, hatte so getan als ob nichts geschehen war.

Doch war es ihr nicht aus dem Kopf gegangen, was sie in dem kurzen Augenblick gefühlt hatte, ließ ihr jetzt, einige Monate später, eine Gänsehaut wachsen. Das Ding hatte sich riesig angefühlt, sie hatte mit dem Mann kein einziges Wort mehr gesprochen, wegen ihres Mannes hatte sie keine Szene gemacht. Sie schob ihre Hände unter die Bettdecke, in ihren Slip. Vorsichtig, um ihren schlafenden Ehemann nicht zu wecken massierte sie ihren Kitzler.

Sie dachte an das Ding seines Chefs, so einen großen konnte sie unmöglich aufnehmen, nein, ausgeschlossen. Sie stöhnte leise, ihre Bewegungen wurden schneller. Sowas hatte sie noch nie getan! Endlich kam die Erlösung. Doreen schlief endlich ein.

Am nächsten Nachmittag … Sie nahm allen Mut zusammen und öffnete die Webseite. Man musste um sich anzumelden ein Profil ausfüllen. Entschlossen öffnete sie ihr Mailprogramm und versuchte eine neue E-Mailadresse zu öffnen, eine für sie alleine, die ihr Mann nicht kannte.

Nach einigen Fehlversuchen hatte sie endlich eine eigene Adresse, hausfrau41.com wieder öffnete sie die Webseite und füllte das Formular aus. Sie gab nur ihren Vornamen an und ihr Alter, 41 Jahre. Ein neues Problem tauchte auf, ein Foto. Sie schaltete den Computer aus und dachte nach. Sie hatte kein Foto von sich selbst, zumindest keines in Reizwäsche. Christian hatte eine Digitalkamera, ja, das war die Lösung. Da sie alleine im Haus war, war es kein Problem. Sie ging zum Wäscheschrank und schaute sich ihre Sachen an. Meine Güte, dachte sie angewidert, das ist wirklich aus dem letzten Krieg. Schließlich zog sie sich an und fuhr mit dem Auto in die Innenstadt…

Doreen stöberte in der Wäscheabteilung des Kaufhauses bei Miederwaren, nichts was ihr zusagte. Kurz erinnerte sie sich noch an ein Erotikgeschäft auf der Fußgängerzone, mit dem sie schon so oft mit Christian spazieren gegangen war.

Sie nahm allen ihren Mut zusammen und betrat den Sex-Shop. Sie traute sich kaum die Pornovideos und Dildos anzuschauen. Eine nette Verkäuferin half ihr, ja, kein Problem, sie führte Doreen die verlegen um sich schaute nach hinten, zur Wäscheabteilung und ließ sie alleine.

Doreen konnte ihren Augen nicht trauen, durchsichtige Slips, BHs, Slips im Schritt offen, BHs die die Brustwarzen frei ließen. Zögernd suchte sie ein paar Sachen, Nylons, BH und einen in ihren Augen gewagten Slip, aus, sie wollte zur Kasse gehen als sie die Magazine sah. Mein Gott, dachte sie.

Sie starrte auf den Umschlag: Eine Frau kniete auf dem Teppich, hinter ihr kniete ein junger Mann, sein pralles Glied berührte die junge Frau, Doreen starrte auf das Ding, nein, das gab es nicht, es musste eine Fotomontage sein, sein Ding war so lang und dick, größer wie das ihres Mannes und viel, viel dicker. Schnell ging sie zur Kasse.

Die Verkäuferin erfasste alles an der Kasse an, zögerte dann. „Ist der BH für Sie?" Verlegen sagte Doreen: „Ja, für mich." „Der BH ist ihnen viel zu klein, ihr Busen ist größer." Es stimmte, sie hatte die falsche

4

Größe erwischt, die Verkäuferin holte die richtige Größe und Doreen verließ das Geschäft. Phuu…geschafft…

Zuhause packte sie die Sachen aus, legte sie aufs Bett. Sie zog sich aus und probierte die neuen Sachen an, sie trat vor den Spiegel, entsetzt sah sie sich selbst. Sie sah aus wie ein Flittchen, deutlich waren ihre Nippel durch den Dünnen Stoff zu sehen, der winzige Slip modellierte ihre Vagina, er zeigte mehr als das er verbarg.

Schließlich trat sie zum Tisch und nahm die Kamera, stellte sie auf ein Stativ und schaute auf das Display, ja das Bett war gut zu sehen. Nach einer halben Stunde gab sie auf, die Aufnahmen gefielen ihr nicht. Sie ging mit der Kamera runter ins Wohnzimmer. Doreen schaute auf den Computer, alle Fotos waren im Bildbearbeitungsprogramm. Sie suchte 3 Fotos aus, eins zeigte sie auf dem Bett sitzend, das zweite war ein altes Urlaubs Foto, ihr Mann hatte am Pool gemacht, sie war oben ohne gewesen und sauer auf ihn, weil er das Foto genommen hatte, ihr Busen war gut zu sehen, sie wusste das Männer immer auf ihre Brüste starrten.

Und das letzte, war ihrer Meinung nach das erotischste. Sie stand mitten im Zimmer, nach vorne gebeugt, ihr Po der Kamera zugewandt, deutlich war ihr Slip und ein Teil ihres Busens zusehen. Sie öffnete das ihr inzwischen bekannte Programm. Sie fand das auszufüllende Formular und setzte ihre drei Fotos als Anhang ein. Sie las noch einmal durch was sie geschrieben hatte, Gelangweilte Hausfrau (41) mit guter

Figur sucht Abenteuer. Sie nahm allen Mut zusammen und drückte, senden.

Christian

„Was soll ich? Ich glaube du bist total verrückt geworden! Das vergiss gleich mal wieder. Du suchst wohl eine Möglichkeit, damit du fremdgehen kannst?"

Doreen ist offensichtlich völlig geschockt über das, was er gerade zu ihr gesagt hat.

„Nein, nein, Doreen! Du verstehst mich völlig falsch, ich will doch gar nicht fremdgehen!"

„Liebst du mich denn nicht mehr?"

„Aber Doreen, Du verstehst mich falsch!"

„Ich verstehe Dich schon richtig und ich sage Dir, wenn du fremdgehst, kannst Du Deine Sachen packen und verschwinden. Dann ist es aus!"

Christian seufzte, er würde aufgeben, Doreen hörte einfach nicht zu. Mit ihr konnte man ein-fach nicht über sexuelle Wünsche reden.

„Warum muss es denn auch immer so etwas komisches sein. Ich soll dich schlagen, das kann und will ich nicht. Ich kann das nicht, eine Domina spielen. Und dann dieses eklige Gummizeug. Mir wird ja schon übel, wenn ich es nur rieche. Wie kann man das nur freiwillig anziehen. Da schwitzt man doch wie verrückt da drinnen und dann stinkt man auch noch!"

„Ist ja gut, Doreen, ich bin doch schon still. Vergiss es einfach. Es ist wie immer: ich bin der Perverse und du bist die Heilige. Warum rede ich überhaupt mit Dir darüber. Ich habe eben Phantasien, aber was ich will ist ja immer schmutzig und Du hast die Moral gepachtet."

„Ich kann das nicht, ich habe halt keine Phantasien", raunzte Doreen ihn an und bekam dabei einen roten Kopf.

„Ist OK, ich habe verstanden, was ich will ist Mist und aus. Mit Dir kann man ja nicht einmal einen erotischen Film ansehen. Dann lies halt weiter abends Deine Bücher im Bett. Gibt es da erotische Stellen, oder überspringst Du die?"

„Nein, lesen kann ich darüber, aber ich mag halt keine Pornos und darüber etwas zu lesen ist auch was ganz anderes, als es zu tun. Das ist doch alles nur gespielt, dass Du das nicht verstehen willst."

„Ist gut, ist gut, du hast gewonnen und ich habe mir wieder einmal eine Abfuhr eingefangen. Wie immer halt. Lassen wir es. Gute Nacht…"

Christian drehte sich von ihr weg und zog die Bettdecke fast bis über seinen Kopf. Er gab Doreen nicht einmal einen Gute-Nacht-Kuss. Er war eingeschnappt.

Am Frühstückstisch war Christian nichts anzumerken. Er sah immer noch mürrisch aus.

Doreen

Nach dem Frühstück fuhr Doreen zum Einkaufen. Als sie die in den Kofferraum heben wollte, bot ihr ein junger kräftiger Mann seine Hilfe an.

„Na bin ich denn schon so alt, dass ich Hilfe brauche?" schoss ihr durch den Kopf, aber der junge Mann lächelte so nett, dass sie zurücklächle. „Na, na, was ist das denn?" Doreen errötete leicht, flirtete sie da etwa? Wenn auch nur mit den Augen?

Sie stieg ins Auto und fuhr irritiert nach Hause. Daheim war Doreen allein, Christian war sicher wieder ins Büro gefahren. Sie fuhr den PC hoch und öffnete neugierig und nervös ihre neue Mailbox. Ja, eine Nachricht. Aufgeregt las sie die Mitteilung: Melden Sie sich kostenlos und unverbindlich auf unserer Cam -und Erotik-Plattform an… Doreen zögerte nur kurz.

Sonntagmorgen

Es war Sonntagmorgen und Doreen stand gerade im Bad, als Christian plötzlich hinter sie trat und ihr unvermittelt von hinten an meine Brüste fasstet. Das hatte er schon ewige Zeiten nicht mehr getan.

Christian umschloss sie komplett mit seinen Händen und drückte sie nur ganz leicht, so als ob er testen wolle, ob sie es zulasse. Doreen blieb ruhig stehen und er zog seine Hände zurück, nur um sie kurz darauf unter ihr Schlafanzugoberteil zu schieben und ihre nackten Brüste zu umgreifen. „Ja, nimm sie dir", rief sie ihm in Gedanken zu. Dieses Mal griff er zu kräftiger zu, richtig fest.

Es erregte sie seinen festen Griff an ihren Brüsten zu spüren. Christian erhöhte den Druck und sie stöhnte auf. Er ließ wieder ab und wollte seine Hände aus ihrem Oberteil zurückziehen. „Nein, nein das war doch kein Stöhnen vor Schmerz, sondern vor... ...vor Lust?", dachte Doreen.

Oh wann hatte sie das letzte Mal dieses Gefühl? Sie fasste sich ein Herz und hielt seine Hände zurück und führte sie als Aufforderung wieder an ihre Brüste. Er drückte wieder fest zu, sogar fester als zuvor.

Doreen stöhnte erneut auf, auch um ihm zu zeigen, daß es ihr gefiel. Nun nahm er ihre Brustwarzen zwischen seine Daumen und Zeigefinger und zwirbelte sie etwas, dann fing Christian an sie mit Kraft zu drücken, bis Sie „AUA" sagte. Er ließ wieder ab.

Was sollte sie tun? Ihn aufhören lassen, oder diese süßen Schmerzen ertragen? Im letzten Moment bevor seine Hände ihr Oberteil verlassen konnten, hielt Doreen sie erneut auf. Es schmerzte was er da getan hatte, aber was Doreen nie geglaubt hätte, es erregte sie. Es ist wieder das gleiche Spiel: Sie sage „AUA" als sie es nicht mehr aushalten konnte. Er lockerte etwas seinen Griff, aber ließ seine Hände jetzt auf ihren Brüsten. Wieder kniff Christian in ihre Brustwarzen, aber er blieb kurz unter dem Punkt, an dem Doreen vor Schmerz schreien würde. Nun knetete er ihre Brüste mit Kraft und immer wieder dazwischen spielte er mit ihren Nippeln bis kurz vor die Schmerzgrenze. Das Spiel steigerte Doreens Erregung, sie wurde feucht.

Nun ließ er eine Hand in ihre Schlafanzughose gleiten, während er mit der anderen wieder zukniff. Er presste seine Hand fest gegen ihre Vulva. Wie zufällig glitt er dabei mit seinen Fingern durch ihre Schamlippen. Er hatte gemerkt, wie feucht sie war. Jetzt kniff

Christian in die andere Brust und zog dabei gleichzeitig ihre Hose herunter. Christian ließ seine Hose fallen und Doreen spürte, wie seine Eichel über ihre Pobacken rieb. Er entfernte seine Hand von ihrer Vulva, während die andere ihre Brust nicht freigab. Doreen hörte wie er etwas Speichel in seine Hand gab und diesen über seinen Penis und ihre Scheide verteilte. Sie blieb ruhig und ließ alles mit sich geschehen, ohne sich zu bewegen. Er versuchte in sie einzudringen, aber der Winkel war nicht der richtige. Christian zog Doreen einen Schritt zurück und beugte sie nach vorne. Nun passte es, im wahrsten Sinne des Wortes, als er in sie ein-drang. Er drückte sich so tief er nur konnte an Doreen und fasste nun mit seiner freien Hand nach ihrer zweiten Brust.

Wieder begann er ihre Nippel zu pressen. „AAAhhhh!", kam es über ihre Lippen und genau in diesem Moment stieß er mit voller Kraft zu. Immer wieder variierte er den Druck auf ihre Brüste, während er ungestüm in sie hämmerte. Das hat er alles noch nie so, mit ihr getan! Es erregt sie sehr, daß er sie einfach so nahm.

Christian begann zu keuchen. Er presste sich mit aller Gewalt in sie und krallte sich regelrecht dabei in ihre Brüste. Doreen hörte wie er laut aufstöhnte und spürte wie sein Schwanz in ihr zu zucken begann, wie er sein Sperma in sie pumpte. „Christian, warum spritzt du jetzt ab!", dachte sie, „Halte dich doch nur ein wenig zurück, ich bin doch auch gleich soweit!". Aber es war zu spät, er war gekommen. Doreen spürte wie sein Schwanz erschlaffte und er es herauszog.

Und was ist mit ihr? Er ging einfach zur Tür hinaus. Ohne ein Wort. Ohne sich in irgendeiner Art und Weise um sie zu kümmern. Er hatte sich einfach an ihr befriedigt und war dann gegangen. Er ließ sie einfach in ihrer abgeknickten Stellung, abgestützt auf dem Waschbecken stehen. Doreen war total verwirrt und spürte jetzt erst, wie sein Sperma an den Innenseiten ihrer Schenkel herablief. Jetzt war sie heiß und er ließ sie einfach so unbefriedigt stehen, er hatte sie einfach nur benutzt. Aber trotzdem hatte es irgendwie seinen Reiz, warum nur?

Sie war noch so erregt, dass sie zu fantasieren anfing. Sie stellte sich vor, wie ein anderer, ein völlig Fremder den Platz von Christian einnahm. Dass dieser Fremde einfach in sie eindrang, dass es ihn überhaupt nicht davon abhielt, daß der Saft von Christian noch in ihr war und herauslief. Bei diesen Gedanken begann Doreen sich zu streicheln. „Oh ja Fremder, komm stoß hart zu, nimm mich! Hol dir deine Befriedigung in mir. Jaaahh..... mhhh." Der Unbekannte spielte genauso wie Christian mit ihren Brüsten, nur war die Kraft, die er an-wendete noch stärker als die von ihrem Mann. Er ließ sich auch nicht von ihren Schmerzrufen davon abhalten, das zu tun was er tun wollte Und dann passierte es, ein fremder Mann spritzte in ihr ab. Bei dieser Vorstellung wurde Doreen von einem heftigen Orgasmus überrollt. Sie zitterte am ganzen Körper und presste dabei einen Schwall von Christians Sperma in ihre Hand. Sie verrieb es über ihre ganze Scham und verlängerte damit die Dauer ihres

Was war das nur für eine verrückte Sache gerade eben. Doreen kann es noch gar nicht fas-sen was passiert war. Sie schämte sich ein wenig solche Gedanken gehabt zu haben und trotzdem hatte sie es genossen. Sie blickte auf ihre Schlafanzughose und sah, dass sie voller Flecken war und sogar auf den Kacheln waren einige. Sie entfernte die Flecken vom Boden und steckte den Schlafanzug in die Wachmaschine. Anschließend duschte sie, die lüsternen Gedanken begleiteten sie noch eine ganze Weile.

Überraschung

Christian war wieder im Büro und Doreen war in guter Stimmung um den Dachboden aufzuräumen. Doreen kletterte nach oben, wo sollte sie anfangen? Da sind auch noch Christians Schränke, dort hatte sie noch nie hineingeschaut? Vorsichtig öffnete sie den ersten Schrank. Die Kiste kannte sie nicht und sie wurde neugierig.

Doreen konnte nicht widerstehen, zog die Kiste aus dem Schrank und öffnete sie. Sie sah ein Paar Pumps und ein Paar Stiefel. Dann waren da noch Netzstrümpfe und Halterlose. Außerdem sah sie einige Schnüre, Handschellen und Handschellen mit einer längeren Ver-bindungskette. Das waren offensichtlich Fußschellen. Hatte er Fesselphantasien? Dorren war verlegen und spürte ein leichtes Kribbeln

Mann oh Mann, was für ein riesiger Dildo, den wollte er doch hoffentlich nie in sie stecken. Eine Reitgerte und eine Peitsche. Was war das? Noch verpackt, das war eine lederne Kopf-haube. Mit Verschlüssen für Mund und Augen. Das wurde ja immer verrückter, sogar ein Mundknebel war daran angebracht. Alles Sachen, die sie nicht kannte.

„Wenn Du fertig bist, kannst Du dann alles wieder in die Kiste räumen…"

Doreen war zu Tode erschrocken.

„Christian, ich dachte Du bist im Büro?"

„Klar, damit Du alles in Ruhe durchsuchen kannst", entgegnete er ihr fast zu ruhig. „Ich habe nur etwas vergessen."

Sie fühlte sich ertapp und schlecht, Jetzt hatten sie wohl einen riesigen Streit. Christian drehte sich um und verschwand seiner Tüte das Zimmer.

Es war spät und Christian immer noch nicht zurück. Doreen wurde schon unruhig. Aber für sie war es auch Zeit. Sie ging ins Bad, putzte sich die die Zähne und machte sich für die Nacht zurecht. Sie versuchte noch etwas zu lesen. Ausgerechnet jetzt hatte das Buch so eine höchst erotische Stelle. Ja, es machte sie an zu lesen, wie eine Frau sich von einem Unbekannten verführen ließ, obwohl sie verheiratet war.

Da fiel Doreen der Dildo ein, den sie in der Kiste entdeckt hatte. Sie hatte so etwas noch nie zuvor in Händen. Ein seltsames Gefühl. Einen Vibrator kannte sie, den hatte sie mal vor langer Zeit gekauft und mittlerweile tief unter der alten Unterwäsche versteckt. Wahrscheinlich sind schon die Batterien ausgelaufen.

Nein das konnte sie nicht tun, auf keinen Fall!. Aber warum eigentlich nicht? Diese Stelle in dem Buch hatte sie etwas heiß gemacht. Nein vergiss es, oder vielleicht doch?

Sie konnte nicht anders, stieg aus dem Bett und dachte sich: „Du kannst ihn ja mal in die Hand nehmen, aber nicht benutzen. Nein, der ist doch viel zu groß." Sie sah sich noch einmal um und klettere auf den Dachboden. Dabei sah sie sich noch einmal verstohlen um, als ob sie jemand sehen könnte, so ein Quatsch. Doreen öffnete seinen Schrank und holte den Dildo aus seiner Kiste. Wow, das war aber auch ein Gerät! Eine richtig realistische Nachbildung. Sie wurde nervös, so wie in den Teenagerzeiten, als sie sich einmal heimlich mit dem Stiel einer Haarbürste befriedigt hatte. Der Dildo war viel dicker und etwas länger, als der Schwanz von Christian. Er fühlte sich kalt an, aber nicht unangenehm.

„Na wie wäre es mit uns beiden?" dachte Doreen. Sie müsste ihn erst abwaschen. Verstohlen schaute sie auf den Flur, versteckte ihn unter dem Nachthemd und schlich sich ins Bad. Sie schloss die Türe ab, was sie sonst nie tat. Sie wusch ihn gründlich unter warmem Wasser ab und schlich sich dann zurück ins Schlafzimmer. Schnell unter die Decke. Ihr pochte das Herz, dabei war sie doch erwachsen und tat doch nichts Verbotenes. Es war einfach aufregend.

Was jetzt? Sollte sie wirklich?

Sie wärmte ihn noch etwas in ihren Händen an und streichelte sich dann mit ihm über ihre Scham. Umkreistee meine Klitoris, fuhr mit ihm durch ihre Schamlippen. Doreen spürte die künstliche Eichel vor ihrem Scheideneingang.

Soll sie? Der war doch viel zu dick!

Sie begann gegen ihren Scheideneingang zu drücken und das erregte sie so sehr, daß sie feucht genug war, damit die Eichel etwas eindringen konnte.

Ein warmer Schauer durchfuhr sie.

Sie nahm die zweite Hand zu Hilfe und zog ihre Schamlippen auseinander. Nun war es leichter ihn weiter einzuführen.

„AAAhhhh ... Ohhhh ...“ Wie er sie ausfüllte. Das hatte sie noch nie so gespürt!

Dorren begann damit den Dildo vor und zurück zu bewegen, sich damit zu stoßen, während ihre andere Hand sanft ihren Kitzler streichelte. Sie begann an diesen feurigen Liebhaber aus dem Buch zu denken. „Ja, stoß zu, Du wilder Kerl!“

Sie spürte wie die künstlichen Hoden an ihre Schamlippen stießen. Sie hatte ihn tatsächlich komplett eingeführt. Sie rieb sich schneller, war da ein Geräusch? „Nein, nicht ablenken, weiter machen, mein Liebhaber, stoß mich fest und hart!“

Sie öffnete die Augen und wollte gerade die Bettdecke zurückschlagen um ihren künstlichen Freund zu beobachten wie er in ihr steckte, als die Schlafzimmertür aufging und Christian herein kam. Doreen stockte der Atem für einen Moment und sie verharrte. Verdammt, warum jetzt, sie war so nah dran. Jetzt erkannte sie die Falle. Der Dildo steckte ganz tief in ihr, wie sollte sie den loswerden? Nun bemerkte sie auch, daß Christian schon seinen Schlafanzug anhatte. Er musste also schon länger da gewesen sein. Ob er etwas bemerkt hatte? Sie schwitzte, was jetzt?

Sie legte die Hände auf die Decke. Nur nicht bewegen. Wenn der Dildo jetzt herausflutschte, wusste er sofort was los war. Das wäre oberpeinlich, wenn er sie schon wieder bei etwas erwischte, was sie sonst nie getan hatte. Was für eine unglaubliche Situation. Sie war immer noch so heiß und stand kurz vor einem Orgasmus.

„Hallo", sagte er kurz.

„Hallo", erwiderte sie viel zu neutral. Denn normalerweise würde sie bei einem Streit viel bissiger antworten.

„Ach, Du liest wieder einen deiner Romane." Er hat das Buch entdeckt. „Lies doch nicht immer davon, sondern mach es lieber selbst einmal", sagt er provokant.

„Wenn Du wüsstest", dachte Doreen, „daß ich es mir gerade selbst mache. Es wird mir heiß und kalt. Was meint er nur mit seiner Andeutung?" Da merkte sie wie seine Hand herüber-wanderte und über ihren Bauch glitt. Das war normalerweise die Einleitung, wenn sie miteinander schliefen. Seine Hand wanderte wie üblich zu ihren Brüsten.

Sie musste unbedingt den Dildo los werden, nur wie ohne dass er etwas merkt? Christian griff fest zu, Ihre Brust schmerzt etwas. Ist war aufregend, oben seine feste Hand und unten ihre großer neuer Freund.

Sie drehte mich mit dem Rücken zu ihm und kuschelte sich an ihn. Nun konnte er auch mit seiner Hand ihre zweite Brust ergreifen. Sie musste schon sehr aufpassen, dass sie ihren Eindringling nicht verlor und dass er ihn nicht spürte. Sie war richtig abenteuerlustig, sonst hätte sie bestimmt einen Grund gefunden sich schnell einmal abzuwenden und das Ding zu entfernen. Wieder begann dieses süß-schmerzhafte Spiel mit ihren Brustwarzen. Ich könnte glatt vergehen vor Lust. Was mache ich nur?

Christian beendet das Spiel mit ihren Brüsten. Schade. Er ließ seine Hand nach unten wandern. Erst über ihren Bauch , dann über die Pobacken. Doreen lag immer noch auf der Seite und spürte seinen Schwanz an ihrem Rücken. Sie war auf das Äußerste gespannt.

„Nein, sie würde den Dildo nicht heimlich entfernen, sie wollte wissen wie er reagierte!

Er streichelte über das Schamhaar, jetzt waren es nur noch Millimeter, dann musste er es bemerken. Ja jetzt, jetzt müssten seine Finger den Konkurrenten entdecken. Ja Christian, ich habe da etwas!

Doreen wartete darauf, dass er etwas sagte, dass er erstaunt aufschreckt, nein nichts von dem passierte. Er drehte sie auf den Rücken. „Sag doch etwas, Christian!" dachte sie. Seine zweite Hand wanderte nun auch zu ihrer Scham. Ihre Gesicht musste doch glühen, so hoch war ihre Anspannung. Sie fühlte wie er mit seiner Hand prüfte, ob der künstliche Penis auch komplett in ihr steckte. Er drückt etwas dagegen, aber es ging nicht mehr tiefer. Sie war total ausgefüllt, so ausgefüllt wie noch nie von einem Schwanz. Jetzt ging er mit seinem Kopf hin-unter zu ihrem Becken. Sie spreizte etwas die Beine und wollte den Dildo heraus drücken, aber das ließ er nicht zu. Da spürte sie seine Zunge, wie sie sanft um ihre Klitoris kreiste. Sie zerfloss regelrecht.

Christian begann sie ganz leicht mit dem Dildo zu stoßen, während er weiterhin sanft ihre Klitoris reizte.

Doreen wand sich vor Lust und wurde es nicht mehr lange aushalten können. Und gerade als sie diesen Gedanken hatte, war es zu spät. Der Orgasmus überkam sie mit einer derartigen Heftigkeit, daß sie lautstark aufstöhnte. Das hatte sie noch nie getan, aber heute ist es mir egal.

Doreen ließ sich einfach fallen und es war so wahnsinnig schön. Immer wieder durchliefen die Kontraktionen ihre Vagina, die versuchte gegen das künstliche Glied anzukommen, aber Christian presste den Dildo fest in sie hinein. Er genoss ihre Zuckungen, ihren Orgasmus. Es dauert unendlich lange Sekunden, bis sie von ihrem Höhepunkt herunter kam. Als sie sich wieder gefangen hatte, wollte sie den Dildo entfernen, damit Christian auch seinen Spaß haben konnte, aber er hinderte sie daran.

„Lass Deinen neuen Liebhaber noch etwas in dir. Es scheint ihm und Dir sehr gut zu gefallen, wenn ihr beieinander sind."

„Und was ist mit Dir?"

„Ich darf heute nicht. Heute ist ja ein anderer dran..."

Doreen verstand zwar den Sinn seiner Worte nicht, aber eigentlich war sie auch zu geschafft für eine weitere Runde. Sie tat was er sagte und ließ den Dildo noch in ihre stecken. Dieses ausgefüllt sein gefiel ihr. Das Ganze hatte ihr wahnsinnig gut gefallen. Das hätte sie nie für möglich gehalten.

Nach einiger Zeit verstieß ihre Muschi den neuen Freund und drückte ihn heraus. Sie wollte ihn Christian geben, damit er ihn wieder in seiner Kiste verstauen konnte, aber er lehnte es ab.

„Das ist jetzt Dein neuer Gespiele, da musst Du dich drum kümmern."

Seine Andeutungen gaben Doreen immer neue Rätsel auf. Sie ging ins Bad und reinigte ihren imposanten Liebhaber, der sehr feucht war. Als sie zurückkam war Christian schon ein-geschlafen.

Das Geständnis

Am nächsten Morgen war Christian nicht mehr im Bett, als Doreen aufwachte. Sie ging ins Bad und machte sich zurecht. Sie verließ gerade das Bad, da hörte sie wie unten die Haustür aufgeschlossen wurde und er herein kam,

Sie fühlte sich richtig gut erholt nach der gestrigen Nacht. Nur ein klein wenig hatte sie ein schlechtes Gewissen. Nein nicht wegen dem ausgefallenen Sex, nein das war wirklich toll, nein wegen Christian. Weil sie in seinen Sachen gewühlt hatte und ihm keine Befriedigung verschafft hatte.

Doreen ging nach unten zum Frühstück machen und war überrascht, als sie die Küche betrat. Christian hatte schon alles vorbereitet, den Kaffee gekocht und Brötchen geholt. Deshalb war er so bald unterwegs.

„Guten Morgen, Schatz", dabei gab er ihr einen Kuss auf die Wange und schenkte ihr einen Kaffee ein. Christian ging an ihr vorüber und sagte: „Ich muss noch ins Büro. Warte nicht auf mich. Tschüss!"

Doreen ging nach oben, legte sich aufs Bett und versuchte zu Lesen. Aber sie konnte sich nicht konzentrieren. Immer wieder ging ihr die gestrige Nacht durch den Kopf, wie Christian einfach den in ihr gesteckten Dildo in sein Liebesspiel einbezogen hat. Kein Vorwurf, kein Erstaunen, kein Streit deswegen. Hatte er sie vielleicht vorher schon damit gesehen? Nein das glaubte sie nicht. Aber warum sagte er nichts? Der Dildo hatte sich so gut angefühlt an, so herrlich ausgefüllt und das er hatte sie dann noch mit der Zunge gereizt, einfach himmlisch. Alleine die Gedanken daran brachten Doreen wieder in Fahrt.

Nein, sie konnte doch nicht..., nicht schon wieder..!

Warum war Christian jetzt nicht da, wenn sie so heiß war. Ansehen könnte sie sich ja mal den Liebhaber von gestern... nein! nein! nein!

Doreen hielt es nicht mehr aus und ging zum Schrank um den Dildo aus seinem Versteck zu holen. Christian hat ja gesagt, dass es nun ihr Gespiele sei, dann konnte sie sich ja auch um ihn kümmern. Sie huschte zurück ins Bett, als hätte sie Angst es könnte sie jemand mit dem Ding erwischen. Der Dildo fühlte sich einfach gut an und ihr wurde warm. Da hörte sie, wie die Haustüre geöffnet wurde. Doreen sprang aus dem Bett und wollte ihn schnell verstecken. Dann überlegte sie... genau! Warum eigentlich nicht...

Christian kam herein und sie lag wieder unschuldig blickend im Bett und hielt ihren Roman in der Hand.

„Hallo Schatz, ich habe im Büro schon alles erledigt und war dann doch schneller fertig als gedacht. Ich mache mich noch im Bad fertig."

„Ja ist gut, mach das."

Sie nahm Dildo, der nun unter der Decke lag in die Hand. Sollte sie wirklich? Ja! Sie feuchte-te ihn etwas mit ihrem Speichel an und rieb ihn erst einmal zur Begrüßung über ihren Scheideneingang. Es blieb nicht viel Zeit, sie musste sich beeilen, Christian würde gleich zurück-kommen. Sie drückte die künstliche Eichel fest gegen ihre Muschi und zog etwas ihre Schamlippen auseinander. Es ging, wenn auch nicht so leicht wie gestern, aber Doreen spüre sehr deutlich, wie ihr Liebhaber in sie eindrang. Ahh, da war wieder dieses Ausgefüllt sein. Sie schaffte es sogar ihn bis zum Anschlag einzuführen. Gerade noch rechtzeitig konnte sie ihre Hände auf die Bettdecke legen, denn Christian kam in diesem Moment herein. Alles sah unverdächtig aus, bis auf ihr Gesicht fürchtete Doreen, das musste richtig rot glühen vor Auf-regung.

Christian kam zu ihr ins Bett, kuschelte sich an sie und gab Doreen einen Kuss. Er streichelte mit seiner Hand über ihre Schenkel. Ihre Brüste und ihre Scham ließ er aus. Er fuhr zwischen ihren Beinen langsam nach oben, die Doreen aus gutem Grund geschlossen halte. Gleich musste seine Hand den eingeführten Dildo entdecken.

„Besetzt", sagte sie keck.

„Na sowas, Dein neuer Freund macht mich ja zu einem richtigen Cuckie!"

Dabei schob er die Decke weg um seinen Konkurrenten bei der Arbeit zu betrachten.

Cuckie, was war das denn wieder für ein Ausdruck? Dorren kannte das überhaupt nicht, aber sie war viel zu sehr damit beschäftigt zu sehen und zu spüren, was Christian nun tat, als sich darüber Gedanken zu ma-chen. Er schob die Bettdecke komplett weg und spreizte ihre Beine. Das musste ihn doch provozieren, was er da sah. Bestimmt zog er jetzt den Dildo schnell heraus und ersetzte ihn durch seinen Schwanz. Aber nein, ganz im Gegenteil. Er versuchte ihn noch tiefer in Doreen zu versenken. Er ging mit seinem Kopf ganz nahe heran und begann wie gestern ihre Klitoris mit seiner Zunge zu verwöhnen. Sie waren in einer 69- Position und Doreen griff nach seinem Schwanz. Es war prall und hart, wie sie es selten ge-spürt hatte. Ihre andere Hand wühlt durch seine Haare.

Ja mach weiter, ein klein wenig fester, ein klein wenig.

Er ließ sie leiden, er fing an den Dildo in ihrer Muschi leicht auf und ab zu bewegen und gleichzeitig dabei etwas zu drehen.

„JJJaahaaahhhh...", sie stöhne wieder lautstark ihren Orgasmus heraus. Sie zuckte am ganzen Körper und ihre Vagina versuchte gegen den Eindringling anzukommen. Christian presste den Dildo mit Kraft in Doreen, was ihren Höhepunkt noch anstachelte. Er wartete bis auch die letzten Zuckungen vorbei waren und der Orgasmus abgeklungen war.

„So jetzt will ich aber auch meinen Spaß, nachdem Du Deinen mit Deinem neuen Freund hattest."

Er drehte Doreen um und zog sie hoch auf alle viere. Er passte dabei auf, daß der Dildo nicht heraus rutschte. Er wollte sie von hinten nehmen und kniete sich zwischen ihre Beine. Erst jetzt entfernte er den künstlichen Penis aus ihr.

„Oh, der glänzt aber, Dein Liebhaber muss ganze Arbeit geleistet haben, dass Du so feucht bist!"

Doreen schämte sich fast ein wenig dafür, dass ihr das Teil so einen Genuss bereitet hatte. Ohne weitere Verzögerung stieß Christian zu und versenkt seinen Schwanz bis zum Anschlag in ihrer mehr als feuchten Spalte.

„Du bist ja ganz ausgeleiert von dem fremden Schwanz, da muss ich härter ran!"

Dabei schlug er mit seinen beiden Händen auf ihre Pobacken. Doreen zuckte zusammen. Das hatte er noch nie gemacht, so ordinär mit ihr dabei gesprochen und schon gar nicht auf ihren Po geschlagen. Nur war ihr beides überhaupt nicht unangenehm, ich wunderte sich über mich selbst, über die normalerweise brave Hausfrau. Wieder schlug er ihr auf den Po, es schmerzte nur leicht, nein es wärmte mehr als das es schmerzte. Sonst hätte sie das be-stimmt unterbunden, aber sie ließ es geschehen.

Nein, sie will fast rufen: „Mehr, mach weiter, hör bloß nicht auf!"

Er schlug sie immer wieder und stieß sie wild.

Ja nimm mich, nimm die kleine Schlampe, huch was dachte sie nur? Ja Schlampe, ja sie wollte heute seine Schlampe sein, die sich einfach einen fremden Schwanz in ihr Loch stopf-te, wenn ihr Mann nicht da war.

Jahhhh, fick mich hart, sonst schnapp ich mir noch einen anderen Stecher. Doreen peitschte sich regelrecht an in Gedanken. Das konnte doch gar nicht sein und sowas ihr! Sie spürte deutlich, was sich da in meinen intimsten Stellen entwickelte. Spritz jetzt bitte nicht zu bald ab, Christian!

„Jaaaa JA JA JA!", kam es aus ihrem Mund und ein zweiter Orgasmus durchfuhr sie von Kopf bis Fuß.

Es hätte keinen Augenblick länger dauern dürfen, denn bei ihrem letzten Ja hörte sie Christian ebenfalls laut aufstöhnen. Er hatte nur wenige Sekunden nach ihr seinen Orgasmus und Doreen spürte wie sein Glied seinen Samen in sie pumpte, wie es zuckte, sich streckte um so tief es nur ging das Sperma zu verspritzen.

Völlig erschöpft ließen sie sich auf das Bett gleiten. Wann hatten sie nur jemals so einen geilen Sex. Warum hatte sie sich das nur entgehen lassen? Aus war es mit der braven Mutti, so etwas wollte Doreen unbedingt wieder spüren. Christian versuchte noch so lange es nur ging in ihr zu bleiben, aber entweder hatte sie der Dildo doch etwas geweitet oder sie war einfach so herrlich befriedigt und entspannt, daß er keinen Halt mehr in mir fand.

Sein Schwanz wurde heraus gedrückt und ein kleiner Schwall von seinem Sperma folgte. Keiner griff nach einem Taschentuch um den Samen aufzufangen, damit er nicht das Laken besudelte. Sie ließen es einfach geschehen, keiner wollte in diesem Moment durch so etwas stören. Doreen kuschelte sich an Christian und er nahm sie noch einmal richtig fest in die Arme. Ganz anders als sonst, wenn er sich auf die Seite rollte und kurze Zeit später ein-schlief.

„Christian, was ist ein Cuckie?" rutscht es Doreen über die Lippen. Sie hätte keinen Moment mehr länger warten können mit dieser Frage.

„Ein Cuckie? Cuckie ist die Abkürzung für Cuckold und bezeichnet einen Mann, dessen Frau mit einem anderen schläft. Es bedeutet zwar noch mehr, aber das wird Dich nicht interessieren."

„Woher willst Du das wissen? Vielleicht interessiert es mich doch. Ist das also etwa so wie Partnertausch?"

„Nein, nur die Frau hat einen anderen Sexualpartner."

„Also ein flotter Dreier, oder meinst Du einfach das sie fremdgeht?"

„Nein, der Cuckold hat keinen Sex mit ihr, wenn sie mit ihrem Liebhaber schläft und es ist auch nicht ein Fremdgehen im üblichen Sinn."

„Wie dann?"

„Der Cuckold weiß, dass seine Frau es mit einem anderen treibt und er unterstützt sie dabei ohne selbst eine Befriedigung zu erfahren und vieles mehr."

„Was? So etwas gibt es? Und da gibt es sogar einen Fachausdruck?"

Doreen war überrascht.

„Ja gibt es."

„Aber das ist doch sehr selten, daß so etwas vorkommt oder? Wer will schon seine Frau mit anderen Männern teilen? Partnertausch kann ich mir ja noch vorstellen, da käme im besten Fall jeder auf sein Vergnügen. Aber dabei? Da ist der Ehemann ja immer der Dumme…"

„So selten ist es nicht, da gibt es schon viele Seiten im Netz und auch viele die das praktizieren und sicherlich noch viel, viel mehr Leute die das gerne hätten, wenn ihre Frau sich mit einem anderen einlässt. Es gibt da unterschiedlichste Varianten und Abstufungen. Manch einem reicht es das einmal erlebt zu haben, andere haben einen regelmäßigen Liebhaber für die Frau bis zu dem, daß die Frau nur noch mit dem Liebhaber verkehrt und der Ehemann keusch gehalten wird, oder gar als Sklave dient."

Dorren wurde rot und dachte an ihre Website.

„Nun verarscht du mich aber. Keuschhaltung, das gibt es doch gar nicht mehr, wir sind doch nicht im Mittelalter und da war es bestimmt auch nur ein Märchen. Und von wegen, sie treibt es nur noch mit ihrem Liebhaber, warum lassen sie sich denn dann nicht scheiden?"

„Weil ein Cuckold dieser Lebensart und seiner Frau verfallen ist. Wenn die Frau einmal die Vorzüge und Möglichkeiten erfahren und verstanden hat, dann genießt sie es in vollen Zügen, zwei oder mehre Männer zu haben und sich nach Lust und Laune ihrer zu bedienen. Warum sollte sie das dann für einen Liebhaber aufgeben."

„Das klingt ja zu gut um wahr zu sein. Der Ehemann versorgt den Haushalt zuhause, während die Dame des Hauses es mit ihrem Liebhaber treibt."

„So ist es aber. Und teilweise noch extremer."

„Was, wie noch?"

„Der Mann hilft ihr bei den Vorbereitungen für ihr Rendezvous, bringt sie zu ihrem Lover, ist beim Akt als Zuschauer dabei, bringt sie wieder nach Hause und anschließend reinigt er sie von der Hinterlassenschaft des Liebhabers."

„Waaas? Er wäscht ihre Muschi danach?"

„Nicht ganz, er leckt sie danach."

Doreen war sprachlos. Alleine der Gedanke trieb ihr die Schamröte ins Gesicht. Sie mochte schon kein Sperma schmecken, deshalb zog sie auch jedes Mal den Kopf weg, wenn sie ihn mit dem Mund verwöhnte und Christian abzuspritzen drohte. Und dann sowas, ein Mann der Sperma schmeckt, fremdes Sperma und dann auch noch aus seiner Frau, die gerade fremd-gegangen ist. Nein das gab es nicht! Christian band ihr garantiert einen Bären auf. Ja, ja nur weil sie sich mit sowas nicht auskannte, brauchte er sie doch noch lan-ge nicht so in die Irre zu führen.

„Du glaubst mir nicht, stimmts?" fragte Christian.

„Natürlich glaube ich Dir nicht. Das macht doch kein Mensch. Ich habe Dir doch gesagt du sollst mich nicht verulken."

Na wenn du mir nicht glaubst, dann können es ja langsam angehen lassen. Aber jetzt bin ich müde, also gute Nacht."

Christian drehte sich auf seine Seite und lag mit dem Rücken zu ihr. Doreen zog sich die Bettdecke hoch bis an ihr Kinn. Das Sperma hatte sie mittlerweile aufgewischt. Sie wollte es eigentlich nicht, aber eine Frage brannte ihr noch auf den Nägeln.

„Christian..."

„Ja?"

„Ich habe da noch eine Frage...", Doreen sprach sehr leise und traute sich fast nicht sie zu stellen.

„Und welche...?", flüstert er zurück.

„Du hast in den letzten Tagen so Andeutungen gemacht und vorhin dieses Cuckie gesagt..."

„Ja"

Doreens Mund war plötzlich staubtrocken und sie brachte die Worte kaum hervor

„Ha.. hast Du auch den Wunsch mich mit einem andere ... zu sehen?"

Es war totenstill in diesem Augenblick. Doreen hörte nur das Pochen von ihrem Blut in ihren Schläfen....

Ein Neubeginn?

Doreen wollte Christian überraschen. Sie hatte sich frisch geduscht, als Christian nach Hause kam, es war schon dunkel, lag sie im Wohnzimmer auf der Couch, zugedeckt mit einer Decke.

Als Christian das Wohnzimmer betrat und sie auf dem Sofa liegen sah, schlug sie die Decke weg und präsentierte sich ihrem Ehemann in ihrer neu erworbenen Unterwäsche und halter-losen Strümpfen. Sie trug einen schwarz-roten Spitzen-BH und einen schwarzen durchsichtigen Seidenslip. Hochhackige Pumps rundeten das Bild ab. „Mein Gott, siehst Du heiß aus!" Doreen fühlte sich sehr geschmeichelt.

„Wirklich sexy..." brachte er hervor und leichte Erregung stieg in ihm hoch. Er setzte sich zu Doreen auf die Couch und küsste sie sehr lange und intensiv. Seine Hand wanderte währenddessen auf ihren Seidenslip und seine Finger fingen an ihre Schamlippen unaufhörlich durch den Stoff zu streicheln. An Doreen ging diese Behandlung nicht spurlos vorbei, ihre Brustwarzen waren steinhart geworden und ihre Muschi wurde immer feuchter. Christian merkte sofort das Doreen langsam immer geiler wurde und so machte er sich mit seiner linken Hand weiter daran, ihre Schamlippen intensiver durch den Seidenslip zu streicheln und zu reizen, während seine rechte ihre Brustwarzen durch den BH bearbeitete.

Doreen schloss die Augen und fing leicht an zu stöhnen. Christian drückte sie nun insgesamt etwas kräftiger auf die Couch und massierte dabei sanft aber unaufhaltsam durch den Seidenslip ihre Klitoris. Doreen spreizte ihre Schenkel und drückte ihren Kopf in das Kissen. Sie verdrehte die Augen und stöhnte, „Du machst mich soooo geil!" Was für ein geiler Anblick, Doreen lag mit dem Rücken auf der Couch die Beine zeigten in Richtung Terrasse, die Decke lag auf dem Boden, die weit gespreizten Schenkel, der durchsichtige Seidenslip, die halterlosen Strümpfe mit den hochhackigen Pumps und der Spitzen-BH.

Christian senkte seinen Kopf schob den BH zur Seite und begann an ihren Brustwarzen zu saugen. Gleichzeitig bearbeitete er durch den Seidenslip ihre Klitoris und ihren Po.

„Lass uns ins Schlafzimmer gehen, oder willst du das der Nachbar uns so sieht?"

„Mach weiter..." hauchte Doreen.

Christian ließ seine Finger am Rand ihres Seidenslips entlang streichen, plötzlich schob er abrupt den Rand des Seidenslips zur Seite und bohrte zwei Finger in ihrer Scheide. Doreen stöhnte laut auf.

„Bitte, zieh mir den Slip aus schnell".

„Willst du das wirklich?"

„Ja".

„Aber dann kann der Nachbar aber auf deine Muschi schauen...?"

„Egal, zieh mir jetzt endlich den Slip aus".

„Macht dich das geil, wenn er zuschaut?"

„Jaaaa..." stöhnte Doreen.

Christian lies unterdessen seine Finger unermüdlich in ihrer Scheide arbeiten. Zu Doreens Überraschung bohrte er nun auch noch einen Finger in ihr Poloch. Das hatte Christian noch nie gemacht.

Doreen schloss die Augen. Ihr Stöhnen wurde immer lauter. Christian kniete unterdessen vor Doreen und versuchte einen dritten Finger in die Öffnung zwischen ihren Beinen zu bohren. Doreen öffnete dabei stöhnend ihre Beine noch etwas weiter. Sofort schob Christian den dritten Finger in ihre Scheide und fing an sie rhythmisch zu ficken. Sie stöhnte nun noch heftiger, ihr Unterkörper zuckte bereits. Kurz bevor es ihr kam, zog Christian seine Finger aus ihrer Scheide zog ihr den Slip aus und steckte seine Zunge zwischen ihre Schamlippen.

Mit seiner Zunge fuhr er nun zwischen ihren Schamlippen auf und ab, dabei saugte er zwischendurch an ihrer Klitoris. Doreens Unterleib wandte sich nach links und rechts und Christian krallte seine Finger in ihre Pobacken, um sie festzuhalten. Ein kräftiger Orgasmus überkam Doreen, immer wieder strömte der Orgasmus durch ihren Körper. Sie konnte ihre Lustschreie dabei nicht unterdrücken.

Plötzlich meinte Christian, Geräusche zu hören. Doreen hob den Kopf, für einen Augenblick hatte sie das Gefühl, jemand hätte durch die Glasscheibe der Terrasse geschielt. Sie blinzelte nach draußen, konnte allerdings nichts erkennen. Ein etwas unwohles Gefühl durchlief sie. Christian drehte sich um und sagte „Da ist niemand." Doreens Atem wurde wieder ruhiger. Nochmals blickte sie zu der Terrassentür. Da sah sie den Nachbarn. Er spähte durch die Scheibe und rieb sich über die Beulen in seiner Hose. „Da schau!" Doreen überkam Panik.

Sie wollte aufspringen. Christian drückte sie wieder auf die Couch und bohrte wieder zwei Finger in ihre tropfnasse Spalte. Doreen stöhnte auf, während sie versuchte die Beine zusammen zu pressen. „Hey, was soll das werden" schrie Doreen aufgebracht und versuchte aufzustehen. „Holger steht da! Dieser Typ glotzt uns hier einfach an, was für eine Unverschämtheit!"

„Tja Schatz, du könntest ihn doch ein bisschen zuschauen lassen und ihm eine kleine Show bieten" meinte Christian und grinste dabei.

"Was meinst du damit?" fragte sie.

"Nun komm schon, als wenn du nicht wüsstest, wie man diesen Typen geil macht! Zudem macht dich das doch auch geil, wenn er uns zuschaut, oder?" antwortete Christian.

„Sehr lustig" erwiderte sie.

"Jetzt gönn ihnen doch auch mal was, ist doch geil wenn er uns zuschaut. Seine Frau ist auf einem Seminar und der Arme ist Strohwitwer. Mich, macht's geil!"

Unterdessen bearbeiteten Christians Finger unermüdlich ihre Scheide. Doreen merkte wie sie die Situation zu erregen begann.

„Die Tür ist aber zu, oder?"

„Sicherlich, du brauchst keine Angst haben, der kommt hier nicht herein", beruhigte Christian sie. Unter seiner Behandlung, gab sie ihren Widerstand auf. Hin und wieder blickte sie zu Holger hinüber Der starrte auf ihre tropfnasse Muschi und rieb sich dabei die Beule in seiner Hose.

Doreen spreizte ihre Schenkel um Christians Fingern die Arbeit zu erleichtern.

Sie schloss die Augen und lies ihren Kopf ins Kissen sinken.

„Komm, zeig ihm deine Brüste"

Er öffnete mit der rechten Hand geschickt den Spitzen-BH und warf ihn in die Ecke. Holger, eigentlich einem sympathischen Mittdreißiger , bot sich ein herrlicher Anblick. Doreen lag mit dem Rücken auf der Couch, die nicht weit von der Terrassentür entfernt stand. Die Beine zeigten in Richtung Terrasse. Sie hatte die Schenkel weit gespreizt. Ihre Muschi war dicht mit schwarzem Haar bewachsen. Ihre Schamlippen konnte Holger nur erahnen. Ihre Muschi sah bestimmt geheimnisvoll aus. Und dazu ihre prallen Brüste und die halterlosen Strümpfe mit den hochhackigen Pumps.

Der Typ hätte sich sicherlich sofort auf sie gestürzt, aber es gab ja die schützende Terrassentür. Christian senkte seinen Kopf und begann wieder an ihren Brustwarzen zu saugen. Langsam zog er seinen Finger aus ihrer tropfnassen Muschi, teilte ihre Schamlippen und massierte dann sanft aber unaufhaltsam ihre Klitoris. Sie konnte ein Stöhnen nicht mehr unterdrücken.

"Schön geil meine Kleine" sagte Christian.

Doreen stand wieder kurz vor einem Orgasmus. Da hörte Christian auf ihren Kitzler zu stimulieren.

„Mach, weiter..."

Doreen fing an mit ihrem Becken zu kreisen. Christian war gemein. Immer wenn Doreen kurz vorm kommen war, hörte er auf ihre Klitoris zu massieren. Dazwischen hielt er ihr immer wieder seine verschmierten Finger vor den Mund. Doreen saugte und leckte wie verrückt an den Fingern. Sie war so unglaublich geil und sie hatte sich noch nie die Finger abgeleckt.

"Schmeckt dir das? Schmecken dir meine Finger?"

„Jaaa..." stöhnte sie.

Doreen hielt es kaum mehr aus.

„Bitteeee ich möchte jetzt kommen" bettelte sie.

Christian spielte mit ihr. Immer wieder massierte er ihre Klitoris. Immer wieder rieb er durch ihre tropfnassen Spalte, hoch und runter. Dies tat er immer so lange, bis sie kurz vor einem Orgasmus stand. Dann hörte er sofort wieder auf. Dieses Spielchen wiederholte er mindestens zehn Mal. Und jedes Mal kündigte sich ein noch größerer Orgasmus bei Doreen an. Mittlerweile floss der Saft aus ihrer Muschi nur so heraus, so geil war sie. Ihr Orgasmus kam nicht zum Explodieren aber auch nicht zum Abklingen. Sie kam sich wie eine geile und gefügige Stute vor.

„Bitteeee, lass mich jetzt kommen" bettelte sie erneut.

„Schau Dir mal den Holger an. Dein Anblick scheint ihn richtig geil zu machen. Der wixt sich ja..."

Doreen hob wie in Trance den Kopf. Holger hatte seine Hose herunter gelassen und stand wichsend an der Terrassentür. Doreen konnte nicht glauben was sie sah. Ein riesiger Schwanz. Unheimlich lang war er und unglaublich dick. Unglaublich… So etwas hatte sie noch nie gesehen. Sie hätte auch nie gedacht, dass es so etwas geben würde.

Der Anblick des mächtigen Schwanzes war zu viel für sie. Sie stammelte noch „Oh Gott ist der riesig", als ein enormer Orgasmus auf sie zuraste. Doreen stöhnte jetzt noch viel lauter. Dann kam sie...

Immer wieder strömte der Orgasmus durch ihren Körper. Es war als zuckten Blitze durch ihren Körper. Ihre Finger krallten sich in das Leder der Couch und sie wand sich wild von links nach rechts. Christian hielt sie dabei solange fest, selten hatte sie einen Orgasmus so intensiv erlebt. Immer noch pulsierte ihr Innerstes wie noch nie.

„Bitteeee fick mich…, Bitteeee", hauchte sie.

„Nein erst bläst du ihn mir" sagte Christian und erhob sich. Dann zog er seine Hose aus und fing an seinen Schwanz zu wichsen. „Komm blas ihn mir!" Doreen erhob sich langsam von der Couch und ging vor

Christian in die Hocke. Sie war immer noch leicht benommen von ihrem intensiven Orgasmus.

Holger wichste immer noch fleißig an seinem Schwanz. Er drückte seinen mächtigen Schwanz gegen die Glasscheibe. Doreen blickte nach rechts. Der Schwanz war nun genau auf ihrer Augenhöhe.

Einzig die Glasscheibe trennte sie.

„Komm blas ihn"

Doreen streckte die Zunge heraus und fing an Christians Eier zu lecken. Dann leckte sie genüsslich den Schaft. Vorsichtig zog sie seine Vorhaut zurück und umspielte mit ihrer Zunge seine Eichel. Dann ließ sie ihn in ihren Mund gleiten und blies ihn langsam. Dabei setzte sie sehr geschickt ihre Zunge ein.

Christian stöhnte: „Ahh, ist das geil!"

Nachdem sie ihn eine Weile geblasen hatte, lies sie den Schwanz aus ihrem Mund gleiten. Sie drehte den Kopf wieder zu dem Schwanz an der Scheibe. Doreen streckte wieder die Zunge heraus und lies sie über die Glasscheibe gleiten. Sie leckte den Schwanz genüsslich durch die Scheibe. Immer wieder wechselte sie. Mal blies sie Christians Schwanz, mal leckte sie über die Scheibe. Holger wichste immer heftiger. Plötzlich fing sein Schwanz an zu zucken und ergoss sich über die Scheibe.

„Geile Sau!" rief Doreen, „Verschwinde endlich du ekelhaftes Schwein

"Spinnst du Doreen. Es ist doch kein Wunder, das er auf die Scheibe spritzt, so wie du dich präsentierst!"

Ja es war schon geil, wie Doreen da hockte, die gespreizten Schenkel, die halterlosen Strümpfe mit den hochhackigen Pumps, ihre prallen Brüste die etwas nach unten hingen.

„Er würde dich bestimmt gerne ficken..."

"Du spinnst wohl", erwiderte sie.

"Warum nicht, du stehst doch auf große Schwänze", antwortete Christian.

„Ja schon. Der ist viel größer als dein Pimmel, aber von dieser geilen sau würde ich mich niemals ficken lassen..."

„Ist dir meiner etwa zu klein?"

„Naja der Größte war er nie!"

„Er hat dir doch immer gereicht!"

„Meinst du?", fragte sie schnippisch.

„Holger hat vermutlich schon seit Tagen keine Muschi mehr gesehen"

"Aber trotzdem finde ich ihn wirklich ekelhaft".

Doreen stand auf und drehte sich. Durch ihre hochhackigen Pumps kam ihr Hintern sehr gut zur Geltung.

Holger wich draußen zurück. Er hatte sie trotz der Glasscheibe gut gehört.

Wollte diese Eheschlampe ihn beleidigen? Er hatte nur noch ein Ziel: Er wollte diese Schlampe, die glaubte sie hätte alles unter Kontrolle, dazu bringen sich ficken zu lassen.

„Ich heiße nicht Schwein, sondern Holger!" rief er.

„Hau endlich ab, Du perverser Spanner!" rief Doreen und zeigte ihm den Stinkefinger.

Christian blickte weiter gespannt auf Doreen und seinen Nachbarn. Irgendwie machten ihn die Situation und ihr Anblick immer geiler. Sein Verstand schaltete sich ab.

„Komm blas ihn mir", sagte Christian.

„Nein, fick mich lieber, dann hat die Sau wenigstens auch seinen Spaß, du scheinst ihn ja zu mögen..."

„So ein Quatsch, ich finde es halt geil wenn er uns zusieht Komm, blas ihn noch ein bisschen, dann fick ich dich auch."

Geil wie Doreen immer noch war, ging sie auf die Knie und kroch auf allen Vieren hinter ihm her. Sie wollte jetzt endlich gefickt werden. Auf allen Vieren, den Hintern zur Terrassentüre gestreckt, präsentierte sie Holger ihre nasse Muschi. Ihre prallen Brüste hingen geil nach unten. Sie ließ den Schwanz in ihren Mund gleiten und blies ihn wieder. Christian blickte zur Tür und stöhnte.

„Ahh ist das geil, mach weiter! Du bist so geil, meine kleine Fickstute, mach die Beine breit und streck deinen Hintern hoch, komm! Zeig ihm wie geil du bist, zeig ihm was du hast."

Ohne zu überlegen folgte Doreen, Christians Anweisung. Holger hielt diesen Anblick nicht mehr aus und verschwand in der Dunkelheit.

Die Hausbesichtigung

Doreen und Christian waren wieder einmal auf eine Party eingeladen. Doreen hatte sich für diesen Abend richtig in Schale geworfen. Dunkle Hose, Top und darüber eine schwarze Bluse mit roten Blumen, dazu ihre Stiefel.

Im Großen und Ganzen war die Party nett, sie unterhielten uns angenehm mit den übrigen Gästen. Plötzlich fiel Christian auf, dass Doreen sich mit Holger, ihrem Nachbarn, unterhielt. Sie schien sich mit Holger gut zu unterhalten, lachte viel und irgendwie war Christian schon etwas eifersüchtig. Gerade nach Holgers Besuch auf der Terrasse.

Nach einiger Zeit kam Dorren zu Christian an die Bar. „Du, Holger will mir einmal das Haus zeigen, hast Du was dagegen? Du kannst ja mitkommen." Doch Christian wollte nur noch sein Bier austrinken und so zogen Holger und Dorcen alleine los. Er trank in Ruhe sein Bier aus und machte sich dann auf die Suche.

Im Erdgeschoss waren sie nirgends zu finden, deshalb stieg Christian langsam die Treppe nach oben. Er konnte leise Stimmen hören und befand sich plötzlich vor einer Tür die nur angelehnt war. Er wollte anklopfen, aber irgendetwas zwang ihn erst durch den Türspalt zu schauen. Im Zimmer waren Doreen und Holger. Aber was war hier los? Doreen stand vor einem Schrank und Holger hatte seine Hände auf ihre Hüften gelegt. Eigentlich erwartete Christian, dass Doreen ihm jetzt alle fünf Finger ins Gesicht schlagen würde. Aber sie ließ es zu.... Seine Hände streichelten leicht über ihre Hüften und weiter nach vorne. Christian stockte der Atem.

Holger stellte sich neben Doreen und Christian konnte sehen wie seine Hand den Bauch und die andere Doreens Hintern streichelte. Sie hatte einen hochroten Kopf, ließ es aber geschehen. Seine Hand bewegte sich vom Bauch höher, bis zu ihren Brüsten. Am liebsten wäre Christian hineinplatzen und hätte ihn direkt erschlagen. Auf der anderen Seite war er fasziniert und konnte spüren wie sein Schwanz langsam hart wurde.

Seine brave Frau! Christian konnte nicht glauben was er da sah. Holgers Hand schob sich von oben in Doreens Top und begann vorsichtig ihre Titten zu kneten. Christian konnte sie aufstöhnen hören. Er schob das Top nach oben und jetzt waren die Brüste nur noch von ihrem BH verhüllt. „Los, zieh Deine Hose aus", sagte Holger zu ihr. Dorren tat was er verlangte und ihre Hose rutschte langsam nach unten. Ihr Hintern war jetzt in voller Pracht zu sehen. Christians Schwanz war jetzt ganz hart. Holger zog ihr auch noch Bluse und Top aus. Doreen stand nur mit ihren Stiefeln und in Unterwäsche da. Holger drückte sie leicht nach vorne, sie musste sich mit den Händen am Schrank abstützen. Er stand hinter ihr und knete mit beiden Händen ihren Arsch.

„Komm rein! Ich weiß, dass Du draußen stehst!" rief Holger plötzlich. Doreen und er drehten sich beide zur Tür und Christian kam mit hochrotem Kopf und Beule herein. „Setz Dich in den Sessel während ich Dein süßes Luder etwas vernasche." Verlegen setzte Christian sich und Holger stellte sich jetzt hinter Doreen. Er zog den BH nach unten und ihre Titten hüpften heraus. Die Brustwarzen waren ganz groß und hart. Gefiel Doreen die Situation etwa?

Holger zog etwas an ihren Nippeln und sie stöhnte wieder, jetzt etwas lauter. Christian sah wie seine Hand ihre Brust knetete, die anderen nach unten glitt. Über den Bauch, bis zu ihrem Höschen. Langsam streichelte er darüber. Doreen stand da und hatte die Augen geschlossen. Er schob das Höschen etwas zur Seite und fuhr durch ihre Haare.

„Komm Du Schlampe, mach meine Hose auf. Und dann auf die Knie." Doreen gehorchte ohne zu zögern. Sie öffnete seine Hose und zog sie nach unten. Christian konnte seine Beule sehen. „Weiter!" Doreen zog auch seine Shorts nach unten und sein Schwanz sprang förmlich heraus. Sie nahm seinen Schwanz in die Hand und fing langsam an ihn zu wichsen. Sie kniete ganz nah vor ihm und sein Schwanz berührte manchmal ihre Titten.

Holger nahm ihre Hand und zog sie zum Bett und zwang Doreen auf allen Vieren drauf zu knien, ich folge Euch. Du legst Dich auf den Rücken, Augen geschlossen. Er kroch ebenfalls auf das Bett und kniete sich hinter sie. Christian spürte ein Gefühl aus Angst und Geilheit in sich.

Holger nahm nun seinen riesigen Schwanz in die Hand. Doreen streckte ihm ihren nackten Hintern noch etwas mehr entgegen. Dann platzierte er sie vor ihrer tropfnass dargebotenen Spalte und stieß hinein. Und es war als würde sie aus einer Trance aufwachen, ein Schrei entfuhr ihrer Kehle.

„Nein!"

Sie riss den Mund weit auf, als er ihre Schamlippen weitete, genau so wollte er es. In einer einzigen Bewegung schob er ihr seinen riesigen Schwanz zu einem Drittel in die dargebotene Fotze. Er spießte sie förmlich auf.

"Du geile Sau, „ kreischte Doreen.

Sie versuchte ihre Schenkel zusammen zu pressen. Er umklammerte ihr Becken mit beiden Händen. Er drückte mit seinem Körpergewicht so massiv dagegen, dass sie keine Chance hatte. Doreen versuchte sich trotzdem weiter aus der fast ausweglosen Situation zu befreien. Sie wandte sich nach links und rechts.

„Christian, hilf mir doch! Hör auf damit", brüllte sie,

Doch Christians Hormone spielten verrückt. Er hätte ihr helfen müssen. Er hätte ihr helfen können. Die Situation machte ihn aber so geil, dass sich sein Verstand komplett ausschaltete. Doreen bekam nun auch Panik hinsichtlich der Dicke des Schwanzes.

"Das geht nicht", schrie sie, "Bitte nicht! Du Schwein!"

"Wir werden sehen, wie gut das geht, meine kleine Sau" grunzte Holger Dann erhöhte er den Druck.

Langsam aber unaufhaltsam bohrte er sich Millimeter für Millimeter in sie hinein. Er weitete dabei ganz langsam ihre Scheide so wie sie noch nie geweitet worden war. Doreen versuchte seinem Schwanz zunächst ausweichen, Dann gab sie aber dem ungeheuren Druck nach.

Sie reagierte mit ihrem ganzen Körper. Sie versuchte immer wieder den gewaltigen Schwanz wegzudrücken. Sie versuchte immer wieder ihre Schenkel zusammen zu kneifen.

Aber all das schien ihn überhaupt nicht zu interessieren. Er umklammerte sie nur noch fester und erhöhte weiter den Druck. Es schmerzte leicht. Ganz langsam verschwand der Schwanz in ihrer tropfnassen Muschi.

"Ahhhh, ist der dick", stöhnte Doreen laut auf. Sie kniff die Lippen zusammen, ebenfalls die Augen. „Oh, Du Sau! Nein, nicht mehr! Bitte nicht weiter rein! Hör auf"

"Jetzt spürst du einen richtigen Mann" sagte Holger. Immer tiefer kam er mit seinem dicken Ding. Immer tiefer und tiefer bohrte er sich langsam in Richtung ihrer Gebärmutter. Seine pralle Eichel die sogar noch dicker als der Schaft war, spaltete dabei sanft aber unnachgiebig ihre schon zuckende Vaginalröhre. Seine Hoden schlugen sanft pendelnd an ihren Schamlippen.

Im gleichen Moment spürte Doreen wie seine Eichel an ihrem Muttermund andockte. Sie stöhnte noch lauter auf. Sie spürte das pulsieren seines Schwanzes. Ihre Scheidenwände wurden durch die extreme Dehnung angenehm gereizt. Eine Zeit lang waren es kleine Schmerzen, verwandelte sich nun langsam in pure Lust.

Nun hatte er sich ganz in sie hineingebohrt. Holger verharrte in dieser Position. Er beugte sich tief über Doreen. Er fuhr mit beiden Händen über ihren Rücken. Er umarmte sie. Er ergriff ihre Brüste und stöhnte.

„Ja, das ist geil! Du bist so weich und heiß und deine Brüste machen mich noch geiler!"

Doreen warf den Kopf in den Nacken.

Ihr Verstand wollte jetzt das alles sofort beenden. Ihr Körper sprach eine andere Sprache. Ihre Muschi wollte diesen Schwanz. Sie wollte gefickt werden. Endlich einen richtigen Schwanz. Sie zeigte das auch. Wie auf Knopfdruck produzierte sie jede Menge Muschisaft. Doreen lief förmlich aus. Der Saft rann regelrecht ihre Schenkel herunter.

"So wie du ausläufst, willst du es doch, du hochnäsige Eheschlampe?"

Doreen wollte es nicht aber statt ihre Schenkel zusammen zu pressen, spreizte sie wie hypnotisiert ihre Schenkel, um dem riesigen Schwanz mehr Platz zu bieten. Sie fing an mit dem Becken zu kreisen. Unglaublich dieser Mann hatte seinen Schwanz in ihr stecken und Christian schaute genüsslich zu ohne etwas zu unternehmen. Er hatte seine Hose geöffnet und massierte seinen Schwanz. Langsam zog Holger seinen Schwanz wieder etwas heraus. Doreen stöhnte laut auf.

"Soll ich dich ficken?"

Doreen stöhnte

„Soll dich dieser Schweineschwanz ficken, meine kleine Sau?" fragte Holger und schob ihn wieder langsam hinein.

Sie stöhnte.

"Du Dreckskerl" brach es aus ihr heraus.

"Oh die Dame des Hauses hat aber einen schlechten Umgangston" sagte er indem er ihn wieder etwas herauszog um daraufhin wieder etwas tiefer einzudringen. Wieder musste sie laut stöhnen und wieder durchlief sie dieser Schauer, der diese unbändige Lust entfachte.

„Jaaaaaaaaaa...", kam es aus ihrem Mund, worüber sie sich selbst wunderte.

"Ich wusste, dass du so etwas brauchst Du geile Eheschlampe", antwortete er und beschleunigte sein rein und raus. Mit kräftigen Stößen fickte er sie nun. Zuerst schön langsam und dann immer schneller und immer heftiger. Doreen quittierte jeden Stoß mit einem tiefen Stöhnen. Ihre ganze selbstsichere und arrogante Art war dahin.

Nach einer halben Ewigkeit schaltete sich plötzlich wieder ihr Gehirn ein.

Doreen wandte sich um.

„Nein, bitte nicht so, bitte nimm wenigstens ein Gummi! Bitte nicht ohne Gummi ficken"

Sie bettelte und flehte ihn an. Doreen bekam fürchterliche Panik. Sie wusste. dass sie keine Pille nahm und nicht verhütete. Sie hatte die Pille nicht vertragen. Christian hatte sich vor einigen Jahren sterilisieren lassen. Und heute war sie in ihrer fruchtbaren und heißen Phase. Sie wollte nicht schwanger werden. Vor allem nicht von ihrem Nachbarn.

„Ich könnte schwanger werden", flehte sie Holger panisch an.

Und tatsächlich. Holger hörte kurz auf sie zu ficken. Er ließ aber seinen Schwanz in ihr. Sein dickes Rohr, schien jetzt noch härter zu werden.

"Bitte nicht, wir müssen aufhören" wiederholte sie sich.

Die Vorstellung diese hochnäsige Eheschlampe zu schwängern machte ihn nur noch wilder.

„Ich ziehe meinen Schwanz kurz bevor ich komme raus, was meinst du dazu?"

"Ich weiß nicht", jammerte Doreen. "Ich möchte wirklich nicht von dir schwanger werden!"

In ihr drehte sich alles. Ächzend vor Genuss setzte Holger seine Serie an harten Stößen fort. Dazu massierte er, Doreens Brüste und zwirbelte ihre Brustwarzen. Wieder fing Doreen an zu stöhnen, diesmal jedoch noch viel lauter. Während sie in ihrer Scheide seinen riesigen Schwanz pulsieren fühlte, spreizte sie bereitwillig ihre Beine noch etwas weiter und lies sich ficken.

Als Christian sah, wie widerstandslos Doreen sich dem Nachbarn hingab, konnte er sich nicht mehr zurückhalten und ging zum Bett. Er stöhnte laut auf und spritzte ab. Eine Fontäne Samen schoss in ihr Gesicht, er spritzte auf ihre Stirn und ihre Wangen. Dreimal, viermal pumpte er seinen Samen wild grunzend über sie. Ein Teil seiner leicht salzigen Ladung landete auf Doreens Mund und sie leckte es gierig auf.

Nachdem er alles verspritzt hatte saß er wie benommen auf der Bettkante und konnte nur noch zuschauen wie seine Ehefrau von Holger gnadenlos gefickt wurde. Der grinste Christian an und leckte sich die Lippen.

„Ja, sieh mir zu, wie ich Deine Ehefrau ficke!" Er gab ihr einen Klaps auf den Hintern. „Endlich bekommt sie mal einen echten Schwanz."

Doreen zuckte zusammen. Mittlerweile war sie nur noch triebgesteuert und wollte gefickt werden.

"Gefällt dir sein Schwanz?", fragte Christian unverblümt.

Mit leichten Nickbewegungen antwortete sie auf seine Frage. Natürlich gefiel ihr Holgers Monsterschwanz. Diese unglaubliche Länge und Dicke. Bisher hatte sie nicht gewusst, dass es solch große Schwänze wirklich gab. Allerdings hatte sie sich bisher auch nicht wirklich dafür interessiert. Da sie bisher nur mit ihrem Ehemann Sex hatte, hatte sie auch keinerlei Vergleiche. Holger erhöhte nochmals sein Tempo. Jedes Mal, wenn er sich in sie schob, hörte man ein lautes schmatzendes Geräusch.

„Sieh sie dir an!" sagte er und schaute Christian in die Augen. „ Sieh dir an, wie ich sie ficke! Hörst du wie nass sie ist?".

Ihre prallen Brüste schaukelten hin und her, wenn seine Wucht sie traf.

"Jaaaaaaaaaa... fick mich", stöhnte Doreen.

Holger stieß sie weiter, bei jedem Hieb klatschte und schmatzte es.

"Jaaaaaaaaaa... ist das gut, Jaaaaaaaaaa... schneller".

Christian saß mit offenem Mund da, unfähig sich zu regen. Er sah zu, wie Holger sie durch-fickte. Anders konnte man das nicht nennen. Er rammelte sie gnadenlos.

„Sieh dir an, wie sie es genießt".

Und Holger wusste was er tat. Ihre Hüfte haltend, schob er seinen Schwanz, mit gleichbleibend hohem Tempo rein und raus. Doreen spürte, bereits die ersten Orgasmuswellen in ihr aufkommen. Es war einfach unglaublich schön. Es dauerte nur wenige Minuten. Doreen merkte wieder, wie diese enorme Welle auf sie zuraste. Sie stöhnte noch.

„Ja..., Jaa..., Jaaa..., Jaaaa..., Jaaaa...", „Jaaaaaaaaaa..."

Dann kam sie. Ihre Schamlippen begannen zu zucken. Sie saugten sich regelrecht am Schwanz ihres Fickers fest. Ihre Beine verkrampften sich und ihre Schenkel wollten sich da-bei schließen. Holger hielt jedoch mit aller Kraft dagegen und spreizte sie noch weiter aus-einander.

Sie grunzte wie ein Schwein und gab noch andere seltsamen Laute von sich. Es dauerte mindestens ein bis zwei Minuten bis sich ihr Zustand wieder normalisiert hatte und sie die Kontrolle über ihren Körper einigermaßen wiedererlangt hatte. In dieser Zeit hielt er inne und betrachtete ihren zuckenden und bebenden Körper. Es war für ihn eine innerliche Befriedigung, die arrogante hochnäsige Eheschlampe in diesen Zustand gebracht zu haben. Er selbst war aber noch nicht zum Höhepunkt gekommen, obwohl er es ihr ja schon so richtig besorgt hatte. Noch etwas benommen, spürte Doreen immer noch seinen harten Schwanz in ihrer Muschi. Doreen stöhnte laut auf.

Er zog seine Eichel heraus. Dann lies er den Schwanz mehrmals zwischen ihren Schamlippen auf und ab gleiten und fickte sie dann wieder in ihre Muschi. Holger spürte wie sein Orgasmus, langsam näher kam und fing an zu stöhnen. Diesmal wollte er keine Zeit mehr ver-schwenden. Dafür war er mittlerweile viel zu geil. Er wollte nun schneller an seinem Vorhaben arbeiten. Immer wieder spürte Doreen, wie Holger mit seiner Eichel kurz an ihre Gebärmutter stieß. Es war unglaublich geil. Immer näher kam nun wieder eine Welle. Doreen hielt es kaum mehr aus. Holger hatte aber sich und die gesamte Situation völlig im Griff.

"Ficke ich dich besser als dein Mann?"

"Bitteeee", stammelte sie verzweifelt. Was spielte er nur für ein Spiel mit ihr. Wie konnte er ihr in dieser Situation so eine Frage stellen?

"Ficke ich dich besser als dein Mann?"

Doreen konnte nicht mehr anders, Ja, er fickte sie besser, er fickte sie sogar 1000mal besser als ihr Mann. Noch nie war sie so geil gefickt worden, wie gerade.

"Ja, viel besser. Du bist viel besser, Bitteeee ich möchte jetzt kommen…"

"Ist mein Schwanz größer als der von deinem Mann?", fragte Holger, während er Doreen immer heftiger fickte.

"Oh ja, viel größer, sehr viel größer", grunzte sie zurück. Sie spürte jede Ader seines Schwanzes. „Ich bin noch nie so gut gefickt worden, bitte mach endlich weiter".

Mehr brachte sie nicht mehr heraus. Holger verstärkte seine Fickbewegungen. Immer mehr baute er sich auf, um gleich auszubrechen wie ein Vulkan.

"Soll ich ihn rausziehen wie ich es versprochen habe?".

Wieder nickte Doreen heftig und war froh, dass er sein Versprechen zu halten schien. Er bewegte sich nun noch etwas schneller und die Welle die sich näherte wurde größer.

Erneut fragte Holger: "Soll ich ihn wirklich rausziehen oder möchtest du den größten Orgasmus deines Lebens erleben. Ich mache nur was du willst, meine kleine Sau?".

Diesmal konnte sie nicht anders. Es schien wirklich der größte Orgasmus ihres Lebens auf sie zuzurollen. Sollte sie auf diesen wirklich verzichten. Ihr Hirn war nun ausgeschaltet. Sie biss sich auf die Lippen und schüttelte dann langsam ihren Kopf. Doreen konnte nicht mehr. Jede Vernunft war ausgeschaltet und ihr Mann ganz weit verdrängt und in eine Schublade gestoßen.

Sie musste es nun sagen, nein sie wollte es sagen. Noch nie wollte sie, so etwas so sehr sagen. "Bitteeee fick mich, fick mich Du Sau! Spritz alles in mich! Ich will es so sehr, oh mein Gott! Lass mich jetzt kommen, ich bin soooo... geil...".

Durch diese Worte nahm sein Schwanz nochmals an Volumen zu. Wie ein besessener fickte er nun ihre Muschi.

"Soll ich in Dich spritzen?"

Mittlerweile unfähig zu reden nickte Doreen wie eine verrückte.

"Soll ich ihn wirklich nicht vorher rausziehen?"

Wieder schüttelte sie verneinend ihren Kopf. Egal was er wollte, sie hätte es ihm jetzt gegeben.

Dann war es soweit. In Doreen verkrampfte sich alles. Sie zitterte immer heftiger.

„Oh Gott ist der riesig"

Dann kam der größte Orgasmus ihres Lebens. Sie schrie ihre Geilheit förmlich heraus:

"Ahh...ahhhrrr.....jaaah...fester.....jetzt.....jeeeeeeetzzz t.......jahhhhhh"

Das pulsierende Zucken ihrer Muschi war auch für Holger zu viel.

"So .. du kleines Dreckstück, jetzt bekommst du dein Andenken!"

Seine Hoden zogen sich zusammen, sein Schwanz schien sich nochmals zu dehnen und dann spürte sie den ersten Strahl tief in ihrer Gebärmutter. Doreens Orgasmus wurde dadurch noch intensiver. Noch nie hatte sie bei ihrem Mann so intensiv gespürt, dass er in ihr gekommen war. Das jetzt war völlig anders. Holger überflutete ihre Gebärmutter regelrecht. Sie spürte jeden Strahl der aus seiner Eichel gepresst wurde. Er pumpte und pumpte. Es war unglaublich. Sie grunzte, wimmerte und winselte wieder wie ein Schwein und ihr Körper bebte und zuckte wie wild.

Nach einer halben Ewigkeit, die ihre Orgasmen zu dauern schienen, lag Holger verschwitzt auf ihr. Selbst sein schlaffer Schwanz, der immer noch in ihr steckte fühlte sich riesig an. Dann zog er seinen Schwanz aus ihr heraus. Ihre Schamlippen waren stark angeschwollen und standen weit klaffend auseinander. Im ersten Moment hatte Doreen das Gefühl als fehle etwas, dann merkte sie wie sein Samen aus ihr heraus lief, so viel hatte Christian noch nie in ihr deponiert. Doreen wurde es schwarz vor Augen, bewusstlos sank sie zusammen.

„Sie ist ein echt guter Fick, Deine Frau!".

Lässig zog Holger seine Hose hoch und verließ das Zimmer.